CYNNWYS

06005551

Y Tri Dymuniad

Mae pawb yn meddwl y
byddai'n braf iawn cael tri
dymuniad. Ond gwrandewch,
mewn difri calon, ar beth
ddigwyddodd i'r ddau yma . . .

Un noson, eisteddai gŵr a gwraig gartref o flaen y tân yn sgwrsio'n braf. Roedd y ddau yn ddigon bodlon eu byd y rhan fwyaf o'r amser, er eu bod yn dlawd.

"Biti nad ydan ni mor gyfoethog â'n cymdogion," meddai'r gŵr.

"Biti na fydden ni'n cael un dymuniad," ochneidiodd y wraig.

"Biti na fydden ni'n adnabod tylwythen deg," ochneidiodd y gŵr.

Ac yn sydyn dyna lle roedd hi – yn eu cegin – tylwythen deg ddisglair yn gwenu'n braf arnyn nhw.

"Gewch chi dri dymuniad," meddai'r dylwythen deg. "Ond byddwch yn ofalus. Fydd yna ddim mwy. Mae dymuniad yn diflannu mewn eiliad."

Yna, yr eiliad honno, mewn chwinc, diflannodd hithau.

Am funud, doedd y gŵr ddim
yn gwybod beth i'w ddweud,
ond gwaeddodd ei wraig ar ei
hunion, "Hoffwn i – "

Fel fflach, sodrodd y gŵr ei
law dros geg ei wraig, rhag ofn
fod y dylwythen deg yn
gwrando.

"Paid â phoeni," meddai'r wraig. "Dwi ddim yn barod i wneud dymuniad eto. Ond, petawn i, hoffwn i fod yn hardd, yn gyfoethog ac yn enwog."

"Hardd? Cyfoethog? Enwog?" meddai'r dyn. "Fyddai hynny ddim yn dy rwystro di rhag bod yn sâl neu'n ddigalon neu farw'n sydyn. O na. Mae'n well o lawer bod yn gryf ac yn iach a chael byw i fod yn gant oed."

"Pwy sydd eisio byw i fod yn gant," meddai'r wraig, "ac yn rhy dlawd i brynu bwyd?"

Wel, doedd gan ei gŵr ddim ateb i hynny. "Gan fod dymuniad yn diflannu mewn eiliad," meddai wedyn, "mae'n well inni gysgu cyn penderfynu."

Cytunodd ei wraig. "Mi fyddwn ni'n ddoethach erbyn y bore," meddai hi.

Ond roedd 'na danllwyth o dân braf yn y grât, felly eisteddodd y ddau o'i flaen, yn twymo'u traed ac yn sgwrsio am hyn a'r llall.

"Biti gwastraffu'r tân braf yma," meddai'r gŵr.

"Ydi," meddai'i wraig. "Hen dro nad oes gynnon ni ddim byd i'w goginio arno, yntê? Hoffwn i gael dwsin o sosejys i'w ffrio i swper."

O, na! Be wnaeth hi?
Agor ei cheg, a dyna ni.
Ac yna, mewn eiliad,
Diflannodd dymuniad!

Ac yn sydyn – wwsshh! llithrodd rhibidirês hir o sosejys i lawr y simnai, a glanio wrth eu traed.

Neidiodd y dyn i'w draed wedi gwylltio'n gandryll. "Yr hen het hurt! Y jolpan wirion! Yr hulpan hanner pan!" gwaeddodd ar ei wraig. "Hoffwn i petai'r sosejys yn glynu ar flaen dy hen drwyn di am byth!"

O, na! Be wnaeth o?
Agor ei geg, a dyna fo.
Ac yna, mewn eiliad,
Aeth yr ail ddymuniad!

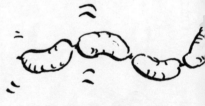

Neidiodd y sosejys o'r llawr a
glynu'n dynn ar flaen trwyn ei
wraig gan hongian yno fel
trwnc eliffant.

"Be wyt ti wedi'i wneud, yr hen ddyn gwirion!" gwaeddodd hi.

Cydiodd yn y sosejys a cheisio eu tynnu'n rhydd. Ond er troi a throsi, pinsio a phlycio, dyrnu a thynnu a gwingo a gwasgu, fedrai hi ddim. Yn fuan iawn roedd hi'n flin fel tincer.

"Paid â sefyll yn fan'na fel cwcw mewn cloc!" gwaeddodd. "Gwna rywbeth . . . y llipryn llipa!"

Wedyn rhoddodd y dyn gynnig arni hefyd. Bu'n tynnu a thynnu a thynnu. Aeth y rhaff o sosejys yn hirach . . . ac yn hirach . . . ac yn hirach.

Ond pan ollyngodd ei afael
fe sboncion nhw'n ôl fel darn o
lastig gan ddyrnu clustiau'r
wraig – bam! bam! bam! – a
hongian i lawr yn llac wedyn.

"O bobol bach, be wnawn
ni?" meddai'r wraig.

"Wn i'n union beth i'w
wneud," meddai'i gŵr.
"Defnyddio'r dymuniad olaf i
wneud ein hunain yn gyfoethog.
Yna fe gawn ni wneud gorchudd
aur i ti wisgo dros y sosejys."

"Gorchudd aur!" Allai'r wraig ddim credu'i chlustiau.

"A choron aur hefyd," meddai o. "Byddi di'n edrych yn smart."

"Smart?" sgrechiodd ei wraig.
"Efo trwyn hir fel cortyn
sgipio? Rwyt ti'n hen dwmffat
twp! Fedra i ddim byw am
weddill fy oes efo rhibidirês o
sosejys yn hongian oddi ar
blaen fy nhrwyn, siŵr iawn!"

A dyna'r wraig druan yn
dechrau beichio crio!

Bron i'r dyn chwerthin wrth weld ei wraig yn sefyll yno a'r dagrau'n llifo i lawr y sosejys. Ond wnaeth o ddim gan ei fod o'n ei charu.

"Hoffwn i petai trwyn fy ngwraig fel roedd o," meddai.

Felly, mewn eiliad,
Aeth y trydydd dymuniad.
Dyna i chi ffôl –
Doedd dim un ar ôl!

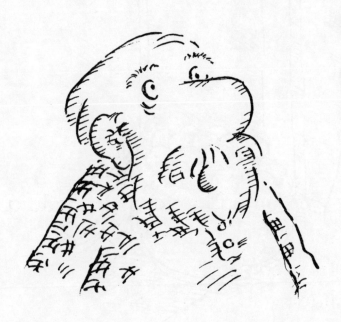

Y munud hwnnw, syrthiodd y
sosejys oddi ar ei thrwyn a
rowlio'n dorch fel neidr ar y
llawr.

Felly, wnaeth y dyn a'i wraig ddim dod yn gyfoethog nac yn enwog. A does neb yn gwybod a fuon nhw fyw i fod yn gant ai peidio. Ond mae un peth yn sicr: roedd y sosejys ganddyn nhw . . .

"Ro i goed ar y tân," meddai fo.

"Mi ro i'r badell ffrio ar y tân," meddai hi.

A dyna wnaethon nhw. Ac aros ar eu traed yn hwyr, yn ffrio'r sosejys ac yn sgwrsio'n gartrefol braf.

Poeri! Hisian! Hisian! Poeri!
A dyna ddiwedd ar y stori!

Hen Wraig y Botel

Un tro, roedd hen wraig yn byw mewn potel finegr. Doedd hi'n gwneud affliw o ddim ond cwyno a chega, cega a chwyno o fore gwyn tan nos.

Un diwrnod daeth tylwythen deg heibio a chlywed yr hen wraig yn cwyno.

"Mae'r peth yn warthus,
warthus, warthus!
Ddylwn i ddim
gorfod byw
mewn potel
finegr.
Ddylwn i gael
byw mewn
bwthyn bach to
gwellt ar gwr y
coed, gyda mwg
yn dod drwy'r
corn a rhosod
yn tyfu o
amgylch y
drws.
Dyna lle dylwn
i gael byw."

"O! Druan â hi!" meddyliodd y dylwythen deg. Ac meddai hi wrthi,

"Heno, heno yn y gwely,
Tro dair gwaith cyn syrthio'i gysgu;
Yn y bore, cwyd i fyny –
Byddi'n siŵr o gael dy synnu."

Gwnaeth yr hen wraig beth roedd y dylwythen deg wedi'i ddweud. Yn wir i chi, y bore wedyn pan ddeffrodd, roedd hi mewn bwthyn bach to gwellt, gyda'r mwg yn dod allan drwy'r corn, a rhosod yn tyfu o amgylch y drws.

Wel! Dyna i chi syndod a rhyfeddod! Roedd hi wrth ei bodd! Ond anghofiodd hi ddiolch i'r dylwythen deg.

Un brysur iawn oedd y dylwythen deg yma – yn hedfan i'r gogledd a'r de, y dwyrain a'r gorllewin yn gwneud ei gwaith.

Cyn bo hir, meddai wrthi'i hun,
"'Sgwn i sut mae'r hen wreigan yna
erbyn hyn? Debyg gen i ei bod hi'n
hapus braf yn ei bwthyn bach twt."

Ond doedd hi ddim. Roedd
yr hen wraig yn dal i gwyno a
chega, cega a chwyno.

"Mae'r peth yn warthus, warthus, warthus," meddai hi. "Ddylwn i ddim gorfod byw yn yr hen fwthyn bach tila yma ar fy mhen fy hun. Ddylwn i gael byw mewn tŷ newydd sbon danlli, gyda llenni lês a churwr drws pres, mewn stryd yng nghanol cymdogion clên. Dyna lle dylwn i gael byw."

Roedd y dylwythen deg wedi synnu a theimlai'n drist braidd. Ond meddai hi wrth yr hen wraig,

"Heno, heno yn y gwely,
Tro dair gwaith cyn syrthio'i gysgu;
Yn y bore, cwyd i fyny –
Byddi'n siŵr o gael dy synnu!"

Gwnaeth yr hen wraig beth
roedd y dylwythen deg wedi'i
ddweud. Y bore wedyn, deffrodd
mewn tŷ newydd sbon, gyda
llenni lês a churwr drws pres,
mewn stryd lle roedd
cymdogion clên yn byw.

Roedd yr hen wraig wedi
synnu. Ac roedd hi wrth ei bodd.
Ond feddyliodd hi ddim am
ddiolch i'r dylwythen deg, chwaith.

Roedd y dylwythen deg mor brysur ag erioed, yn hedfan i'r gogledd, i'r de, i'r dwyrain ac i'r gorllewin yn gwneud ei gwaith.

Cyn bo hir meddai wrthi'i hun, "Mi a' i draw i weld sut hwyl sydd ar yr hen wraig. Dwi'n siŵr y bydd hi'n hapus iawn yn ei thŷ newydd sbon."

Ond oedd hi? Nac oedd, wrth gwrs.

"O, mae'n warthus, warthus, warthus," cwynodd. "Ddylwn i ddim gorfod byw mewn stryd lle mae'r tai i gyd 'run ffunud â'i gilydd yng nghanol hen bobl goman. Ddylwn i gael byw mewn plasty yn y wlad gyda gerddi o'i amgylch a weision yn dod i weini arna i pan gana i'r gloch. Dyna lle dylwn i fod yn byw."

Teimlai'r dylwythen deg yn siomedig ac yn flin braidd. Ond meddai hi wrth yr hen wraig,

"Heno, heno yn y gwely,
Tro dair gwaith cyn syrthio'i gysgu;
Yn y bore, cwyd i fyny –
Byddi'n siŵr o gael dy synnu!"

Yn union fel roedd y dylwythen deg wedi'i ddweud, pan ddeffrodd yr hen wraig y bore wedyn roedd hi mewn plasty yn y wlad gyda gerddi o'i amgylch, a gweision i weini arni pan oedd hi'n canu'r gloch.

Oedd hi wrth ei bodd? Oedd wir! Ond tybed wnaeth hi feddwl diolch i'r dylwythen deg? Naddo, wrth gwrs.

Roedd ein tylwythen deg mor brysur ag arfer yn hedfan i'r gogledd, i'r de, i'r dwyrain ac i'r gorllewin, yn gwneud ei gwaith.

Ond roedd hi'n dal i gofio am yr hen wraig. "Mae hi'n siŵr o fod yn fodlon ei byd bellach," meddyliodd y dylwythen deg, "yn ei phlasty yn y wlad."

Ond doedd hi ddim. Roedd yr hen wraig yn dal i gega a chwyno.

"O, mae'n wirioneddol warthus 'mod i'n fan'ma ymhell o bob man, heb neb i gael sgwrs efo fi. Ddylwn i fod yn dduges, mewn coets fawr, a gweision yn rhedeg bob ochr iddi, yn mynd i weld y frenhines.

Doedd ein tylwythen deg ni ddim yn hoffi clywed hyn o gwbl. Ond meddai hi,

"*Heno, heno yn y gwely,*
Tro dair gwaith cyn syrthio'i gysgu;
Yn y bore, cwyd i fyny –
Byddi'n siŵr o gael dy synnu!"

Wel, pan ddeffrodd yr hen wraig y bore wedyn, dyna lle roedd hi, yn dduges gyda cherbyd yn cael ei dynnu gan geffylau, a gweision yn rhedeg bob ochr iddo, ar ei ffordd i weld y frenhines. Roedd hi'n rhy brysur o lawer i ddiolch i'r dylwythen deg.

Roedd y dylwythen deg yn brysur hefyd. Yn brysur, brysur, brysur, gogledd a de, dwyrain a gorllewin, yn gwneud ei gwaith. Pan orffennodd o'r diwedd, y peth cyntaf a ddaeth i'w meddwl oedd yr hen wraig.

Meddai wrthi'i hun, "Mae
hi'n siŵr o fod yn fodlon erbyn
hyn, a hithau'n dduges."

Ond beth welodd hi? Yr hen wraig mewn dillad sidan yn swanc i gyd yn aros amdani yn y drws, yn edrych mor flin ag erioed.

"Mae'n warthus," meddai'n fawreddog, "'mod i'n gorfod moesymgrymu i'r frenhines. Hoffwn i fod yn frenhines. Hoffwn i eistedd ar orsedd aur a phawb yn gorfod moesymgrymu i mi. Dyna be hoffwn i."

Teimlai'r dylwythen deg yn drist ac yn flin iawn, iawn. Ond wylltiodd hi ddim. Meddai hi, mewn llais tawel, "Iawn. Pan ei di i dy wely heno . . ."

"Ie, ie, ie," meddai'r hen wraig yn flin ac yn groes. "Wn i beth i'w wneud."

Felly hedfanodd y dylwythen deg i ffwrdd.

Ochneidiodd yr hen wraig gan
gwyno ei bod yn gorfod aros tan
amser gwely. Ond, o'r diwedd,
aeth i fyny i'r llofft. Dyma hi'n
troi dair gwaith a chau ei
llygaid. Ac yn y bore . . . wel
dyna i chi syndod a rhyfeddod!

Dyna lle roedd hi'n ôl yn ei hen botel finegr. Ac yno y mae hi o hyd, hyd y gwn i.

Cwyno, cega fel tiwn gron,
Glywsoch chi 'rioed
am rywun fel hon?

Mae Dymuniad Mewn Eiliad yn hen hen
stori i'w chael mewn sawl iaith.
Mae'r fersiwn yn y llyfr hwn wedi'i
seilio ar stori Ffrengig gan
Madame de Beaumont.

Un o chwedlau Grimm
yw
Hen Wraig y Botel –
fersiwn syml a byr o'r
Pysgotwr a'i Wraig.

Os gawsoch chi flas ar straeon y gyfrol
hon cofiwch ddarllen
Bodyn Blewog a Sgerbwd Cegog –
stori arall yng nghyfres Gwalch Balch.